15 Avril 1905

V

VENTE DU SAMEDI 15 AVRIL 1905

HOTEL DROUOT, SALLE N° 11

à deux heures

DENTELLES & GUIPURES

ANCIENNES

ÉVENTAILS, ORFÈVRERIE

TAPISSERIES

TENTURES, ÉTOFFES, BRODERIES

MEUBLES ANCIENS

Exposition le Vendredi 14 Avril 1905

de deux heures à six heures

COMMISSAIRE-PRISEUR	EXPERTS
M° LAIR-DUBREUIL	MM. PAULME et B. LASQUIN FILS
6, rue de Hanovre	10, rue Chauchat | 12, rue Laffitte

CATALOGUE

DES

DENTELLES ET GUIPURES

ANCIENNES

VENISE — ALENÇON — ARGENTAN — ANGLETERRE
MALINES — VALENCIENNES, ETC.

Éventails Anciens et Modernes

ORFÈVRERIE, OBJETS DE VITRINE

TAPISSERIES

Tentures — Étoffes — Broderies

BELLE TENTURE EN ANCIENNE TOILE DE JOUY

MEUBLES ANCIENS

DONT LA VENTE AURA LIEU

HOTEL DROUOT, SALLE N° II

LE SAMEDI 15 AVRIL 1905

à deux heures

COMMISSAIRE-PRISEUR	EXPERTS
Me LAIR-DUBREUIL	MM. PAULME et B. LASQUIN FILS
6, rue de Hanovre	10, rue Chauchat	12, rue Lafitte

Chez lesquels se distribue le présent Catalogue.

EXPOSITION PUBLIQUE

Le Vendredi 14 Avril 1905, de deux heures à six heures

CONDITIONS DE LA VENTE

Elle sera faite au comptant.

Les acquéreurs paieront *dix pour cent* en sus
des prix d'adjudication.

Paris.— Imprimerie de l'Art, E. Moreau et Cie, 41, rue de la Victoire.

DÉSIGNATION

DENTELLES, GUIPURES

1 — Trois volants en Venise ; dessin à ramages
et reliefs. Époque Louis XIV.

> Haut., 17 cent.; larg., 4 m. 90 cent.

2 — Volant en application d'Angleterre, mélangée de point à l'aiguille ; dessin à bouquets
de roses.

> Haut., 35 cent.
> Larg., 7 m. en deux coupes.

3 — Volant en application d'Angleterre, mélangée de point à l'aiguille ; dessin de bouquets de roses.

> Haut., 14 cent.; larg., 2 m. 75 cent.

4 — Bande d'entredeux en Venise ; dessin à ro-
saces.

> Haut., 5 cent.; larg., 3 m 55 cent.

5 — Une bande d'entredeux en guipure de Venise.

Haut., 10 cent.; larg., 2 m. 05 cent.

6 — Coupe de vieux point d'Alençon.

Haut., 7 cent.; larg., 1 m. 30 cent.

7 — Coupe en vieux point d'Alençon.

Long., 1 m. 15 cent.

8 — Coupe en vieux point d'Alençon.

Long., 1 m. 25 cent.

9 — Bande en vieux point d'Argentan.

Haut., 4 cent.; larg., 90 cent.

10 — Bande de vieux point d'Argentan. Époque Louis XIV.

Haut., 10 cent.; long., 70 cent.

11 — Bande en vieux point de France (Argentan).

Haut., 7 cent.; larg., 4 m. 20 cent.

12 — Autre bande, semblable à la précédente, de dimensions différentes.

Haut., 4 cent.; larg., 1 m. 80 cent.

13 — Pèlerine en ancienne guipure de Milan.

14 — Coupe en ancienne guipure de Milan.

Long., 2 m. 80 cent.

15 — Coupe en ancienne dentelle de Malines.

Long., 4 m. 55 cent.

16 — Coupe en même dentelle.

Long., 1 mètre.

17 — Coupe en même dentelle.

Long., 1 m. 45 cent.

18 — Coupe en même dentelle.

Long., 2 m. 55 cent.

19 —. Coupe en même dentelle.

Long., 2 m. 90 cent.

20 — Coupe en même dentelle.

Long., 1 m. 95 cent.

21 — Coupe en même dentelle.

Long., 50 cent.

22 — Col et coupe de 1m15 en application d'Angleterre.

23 — Coupe et dessus de pelote en même dentelle.

24 — Coupe de Valenciennes.

Long., 80 cent.

25 — Coupe de Valenciennes.

Long., 65 cent.

26 — Coupe de Valenciennes.

Long., 1 m. 40 cent.

27 — Cinq morceaux : Valenciennes et point d'Alençon.

28 — Deux morceaux de Valenciennes.

29 — Barbe en Valenciennes.

Long., 2 m. 50 cent.

30 — Coupe de Valenciennes.

Long., 2 m. 65 cent.

31 — Grande nappe en filet gothique.

32 — Petite nappe en ancien filet de Venise.

33 — Coupe en ancienne guipure de Venise, à bordure dentelée.

Long., 2 m. 55 cent.

34 — Deux coupes en application de Bruxelles, mélangée de point à l'aiguille.

> Haut., 30 cent.; larg., 10 m. 80 cent.

35 — Bande d'ancienne guipure italienne.

> Haut., 10 cent.; larg., 2 m. 60 cent.

36 — Une berthe en point à l'aiguille et Venise.

37 — Coupes de Valenciennes moderne. (Sera divisé.)

> Haut., 17 cent.; larg., 22 mètres.

38 — Deux fonds de bonnets, deux brides différentes et un petit morceau en vieux point de Binche.

39 — Bande en ancienne guipure italienne.

> Haut., 9 cent.; larg., 4 m. 30 cent.

40 — Un volant en guipure de Cluny.

> Haut., 45 cent.; larg., 4 m. 10 cent.

41 — Un fichu en mousseline, garni de malines.

42 — Huit mouchoirs en point à l'aiguille, Binche et broderie. (Sera divisé.)

43 — Coupe de dentelle ancienne, en fil tiré.

> Long., 3 m. 3o cent.

44 — Coupe en ancienne guipure de soie de couleur.

> Long., 3 mètres.

45 — Col en guipure d'Irlande.

46 — Col brodé sur tulle.

47 — Mouchoir en batiste, garni de Valenciennes.

48 — Lot de broderies sur batiste.

49 — Fichu en batiste brodée.

ÉVENTAILS, ORFÈVRERIE

5o — Éventail ancien, monture en os, nacre et acier, feuille peinte sur vélin, à la gouache, à sujet pastoral, brodée de paillettes. Époque Directoire.

5 1 — Petit éventail du Directoire, feuille gravée et coloriée, imprimée sur soie, à sujet de per-

sonnages et brodée de paillettes. Monture en
os découpé, gravé et doré.

52 — Éventail ancien, monture en os sculpté, à
jour; feuille avec médaillon ovale, gravé en
couleurs et paysages réservés, sur fond de
couleur, avec arabesque.

53 — Petit éventail espagnol, feuille brodée, à
pailles, sur tulle. Monture en corne blonde.

54 à 85 — Collection de soixante-quinze éven-
tails, la plupart montés en nacre et en ivoire;
feuilles à sujets variés. (Sera divisé.)

86 — Jolie saucière, sur piédouche, en argent
repoussé et ciselé; décorée en relief de mé-
daillons, de rinceaux, de mascarons et de
fruits; anse à figure de lion marin.

87 — Sucrier, avec plateau et couvercle, en argent repoussé; décor de rinceaux, feuillages
et têtes de chérubins. Travail portugais,
xviie siècle.

88 — Paire de flambeaux en argent ciselé, forme
de trépieds, à cariatides de femmes suppor-
tant une lumière. xviiie siècle.

MEUBLES, OBJETS VARIÉS

89 — Boîte ronde en écaille brune, ornée d'une miniature sur le couvercle.

90 — Bonbonnière en écaille blonde, incrustée d'ornements.

91 — Gouache ovale : la Vierge et l'Enfant.

92 — Pendule avec socle en marqueterie de cuivre, ornée de bronzes.

93 — Pagode en bois sculpté [et doré avec divinité.

94 — Garniture de cheminée en bronze, composée de : une pendule « la Lecture » et deux candélabres à huit lumières.

95 — Galerie de foyer en bronze de style Louis XVI.

95 *bis* — Paire d'appliques à deux lumières en bronze doré de style Louis XVI.

96 — Bahut en chêne sculpté de style Renaissance.

96 *bis* — Commode en marqueterie de bois des
îles, ornée de bronzes ; dessus en marbre
brèche d'Alep. Époque Régence.

97 — Petit meuble en chêne sculpté d'époque
Louis XIV.

97*bis*— Fauteuil garni en tapisserie d'Aubusson.

98 — Pannetière en noyer sculpté.

99 — Petite table de nuit en marqueterie de
bois à fleurs.

99 *bis* — Table poudreuse en bois de placage.
Époque Louis XVI.

TAPISSERIES

TENTURES, ÉTOFFES,
BRODERIES, GALONS

100 — Tapisserie ancienne représentant le Sacri-
fice d'Abraham.

Haut., 2 m. 80 cent.; larg., 3 m. 50 cent.

101 — Tapisserie à grands personnages. Époque Louis XIII.

> Haut., 2 m. 5o cent.; larg., 4 mètres.

102 — Fragment d'ancienne tapisserie : Suzanne et les vieillards.

> Haut., 2 m.; larg., 2 mètres.

103 — Petite portière en tapisserie Louis XV : Chasseur.

104 — Bande de tapisserie à grand personnage. Époque Louis XIII.

105 — Bandeau en tapisserie d'époque Louis XIII, mesurant 3 mètres.

106 — Bordure en ancienne tapisserie : décor de fruits.

> Long., 1 m. 5o cent.

107 — Belle tenture composée de cinq grands panneaux en toile de Jouy, dessin à branchages et fleurs. Époque Louis XVI.

108 — Panneau de tenture en ancien damas de soie rouge, décoré d'une figure de Sainte Martyre en broderie de soie au passé dans un encadrement de galon doré, ornés aux angles de fleurs et d'ornements en broderie.

109 — Panneau de tenture analogue au précédent, à figure d'évêque bénissant, en broderie de soie au passé et fils métalliques, encadrement de galon doré, orné aux angles de fleurs et d'ornements brodés.

110 — Panneau de tenture en ancien velours rouge brodé en soie et fils métalliques d'un groupe de la Vierge et de l'Enfant Jésus tenant la boule du monde. Encadrement en ancien damas de soie rouge ; bordure en galon doré.

111 — Coupe de damas rouge Renaissance, mesurant trois mètres.

112 — Grand tapis en toile, brodée de motifs anciens en soie, tels que : quadrupèdes, volatiles, arbustes, fleurs, insectes et reptiles.

113 — Tapis en velours vert ; dessins à ornements. Époque Renaissance.

114 — Lot de velours vert Renaissance.

115 — Bande de velours vert Renaissance.

116 — Deux bandes en velours vert ciselé Re-

naissance, sur fond d'or, dessins à rinceaux et feuillages.

117 — Bordure de tapis en broderie de soie et broderie métallique. Époque Renaissance.

118 — Morceau de broderie gothique en fils métalliques.

119 — Petit panneau en tapisserie d'Aubusson, à décor de fleurs et petits personnages.

120 — Bordure en tapisserie.

Long., 3 m. 5o cent.

121 — Deux petits panneaux en tapisserie, à fleurs.

122 — Bande en tapisserie au point.

123 — Coupe de 13^{m}5o de galon en ancien velours de Gênes; dessin rouge, bleu et vert, sur fond d'or tressé.

124 — Coupe de 4^{m}6o de galon plus large en même velours, à dessin analogue.

125 — Coupe de 10 mètres d'ancien galon, à

armoiries en fine tapisserie de soie, sur fond crème.

126 — Coupe de bordure en fil d'argent doré.

Long., 17 m. 20 cent.

127 — 20^{m}70 de galon en broderie métallique.

128 — 2^{m}80 de galon en broderie d'argent doré.

129 — 5^{m}80 de galon en ancien velours de Gênes vert ; dessin à grecques.

130 — Petit dessus de meuble en toile imprimée : *Louis XIV et Mademoiselle de Lavallière*, bordure en guipure.

131 — Serviette orientale, en toile brodée, en soie.

132 — Trois fichus en fine toile imprimée, à guirlandes de fleurs.

133 — Huit chemins de table en toile de Jouy.

134 — Gilet en soie brochée. Époque Louis XVI.

135 — Bande en broderie Renaissance, sur fond
de soie crème.

136 — Bande brodée sur soie écrue.

Long., 9 m. 30 cent.

137 — Objets non catalogués.

www.ingramcontent.com/pod-product-compliance
Lightning Source LLC
LaVergne TN
LVHW012133170726
843501LV00008BC/3167